아직도 너를 사랑해서 슬프다

시를 제대로 쓰지도 못하면서 그림을 그리고 싶었고

그림을 그리다 보면 문득 시가 떠오르기도 했다.

그림과 시의 중간 어디쯤 정말로 내가

꿈꾸는 시의 나라는 있었던 것일까?

이 시집에 실린 시와 그림들이 바로 그 자취들이다.

아무튼 시와 그림으로 어우러진 시집,

특별한 시집을 한 권 내서 기쁘다.

2018년 12월

나태주

차 례

손편지 ···························· 8

고향집 ···························· 10

아버지 ···························· 12

교회 ···························· 14

지구 ···························· 16

바다 ···························· 18

서울 ···························· 20

걱정 인형 ···························· 22

시인·1 ···························· 24

짝사랑 ···························· 26

이 가을에 ···························· 28

연애 ···························· 30

목숨 ···························· 32

종이컵 ···························· 34

달밤 ···························· 36

여행 ···························· 38

마을 ···························· 40

우정 ···························· 42

의자 ···························· 44

인생 ···························· 46

시골 역 ···························· 48

자장가 ···························· 50

좋다 ···························· 52

그저 봄 ···························· 54

사는 법 ···························· 56

태평양 …………… 58

사랑·1 …………… 60

그리움 …………… 62

9월 1일 …………… 64

전셋집 …………… 66

엄마 …………… 68

9월 …………… 70

5월 넥타이 …………… 72

흰 구름 …………… 74

시인·2 …………… 76

민들레 …………… 78

행복 …………… 80

개양귀비 …………… 82

봄밤 …………… 84

소망 …………… 86

가을 하늘 …………… 88

나무에게 …………… 90

삶 …………… 92

산 …………… 94

앤젤라 …………… 96

사춘기 …………… 98

사랑·2 …………… 100

꿈 …………… 102

추석 전날 …………… 104

눈사진 …………… 106

모교 ···················· 108

화장 ···················· 110

옛집 ···················· 112

팬지 ···················· 114

영월 ···················· 116

낙조 ···················· 118

외로움 ···················· 120

선물가게 ···················· 122

자전거 받쳐놓고 ············· 124

프로필 ···················· 126

애모 ···················· 128

Y에게 ···················· 130

가을 여자 ···················· 132

차 ···················· 134

새 ···················· 136

안녕 ···················· 138

구절초 ···················· 140

단풍 ···················· 142

친구 ···················· 144

가을비 ···················· 146

연인 ···················· 148

재회 ···················· 150

아직도
너를 사랑해서
슬프다

나태주 시집

동학사

네가 너무
보고 싶다

눈을 마저
그려다오.

2018. 나태주

어머니,
저 왔습니다

어머니, 지금
어디 계셔요?

2018. 내영균

말없이 방구석만

차지하고 있는 장롱짝

정작 사라지고 나면

조금씩 그리워지는 이름.

아
버
지

2018. 나윤이

하나님

계신 곳이

너무 멀어요.

2018. 나라정

너무 오래
빌붙어 살아서
미안합니다.

지구

2018. 나태주

빠져

죽고도

싶었다

오래, 오래 전.

바
다

2018. 따뜻한

그냥

서운하고

울적한 심사.

서
울

2018. 나윤호

걱정을 한다고 걱정이 떠나가 줄까요?

걱
정

인
형

2018. 나은희

꾀꼬리 말로

우는 까마귀.

2018. 시인

이제는

너 없이도

너를

사랑할 수 있다.

짝
사
랑

2018. 다울림

아직도 너를 사랑해서

슬프다.

2018. 내손으로

끝내

내가

나를

더

사랑하고

말았다.

연애

2018. 박영근

누군가 죽어서
밥이다

더 많이 죽어서
반찬이다.

목
숨

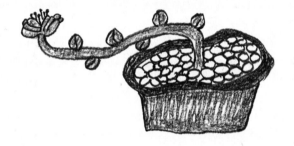

2018. 나태주

너무 쉽게 버려서
미안하다.

종이컵

2018. 띠오오오ㄹ

휘어진 꽃가지

달님이 내려와

열매가 되었네.

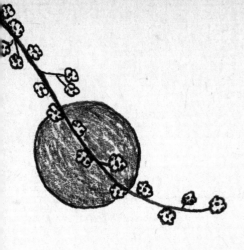

달
밤

2018. 4○○○

구름이
되어 보고 싶은 나무

나무가
되어 보고 싶은 구름.

2018.

저녁밥 먹으라고
내 이름 부르시던
외할머니 목소리.

마
을

2018. 나영교

힘들어하지 마

내가 옆에 있잖아.

우
정

와서 앉기만 하면
당신은 저 하늘 저 구름의
주인이 됩니다.

의
자

2018. 다오오

돌아보면

그 자리

멀리까지

온 것 같은데.

2018. 나○○

마음까지
싣고 가지 못하는
기차

그리운 마음
코스모스 꽃으로
남았다.

시
골
역

2018. 이은영

나비나비
고운나비
나래접고
단잠자라

꿈속에서
사랑보고
꿈깨어서
새날살자.

자
장
가

2018. 나윤경

좋아요
좋다고 하니까
나도 좋다.

2018. 나쁜모임

만지지 마세요

바라보기만 하세요

그저 봄입니다.

그
저

봄

2018. 나은경

그리운 날은

그림을 그리고

외로운 날은

음악을 듣고

그리고도 남는 날은

너를 생각해야만 했다.

사

는

법

2018. 나태주

살아만 있다면

언제든

만

날

날이

있기도 하겠지요.

태
평
양

2018. 나인호

밥 먹었는데도
배가 고픈 것 같고

물 마셨는데도
목이 마른 것 같은 마음.

2018. 나선민

햇빛이 너무 좋아

혼자 왔다가

혼자 돌아갑니다.

그
리
움

2018. 나리만

비개이고
높은하늘

담장아래
새로꽃핀

달개비꽃
파란입술

너보고픈
나의마음.

2018. 나응주

길보다도

낮은그집

옛날옛날

젊은시절

네식구가

세들어서

살던그집.

전
셋
집

2018. 나영 2

딸 딸 아들이 아니라
아들 아들 딸
세 아이 낳은 엄마

딸 하나 낳으려고
아들 아들 먼저
낳았어요.

2018. 나성현

가을, 이라고 쓰고
눈물이 글썽

가을이 오면 그 애도
따라오겠지,

다시 쓰고
눈물이 주루룩.

2018. ㅁㅁㅁㅁ

뻐꾸기 울고
바람도 울고
다른 남자와
약혼한다고
그녀가 편지를
보내왔던 날.

5
월

넥
타
이

2018. 대인대길

언제적 헤어진
애인이었을까?

길 가다가 멈춰서
아직도 나를 지켜보고 있는

새하얀 얼굴의
저 여자.

흰

구

름

2018. 09.02

이름에서도
향내가 나는 사람

과연
나의 이름에서는
어떤 냄새가 날까?

2018. 김순복

아저씨,

시인이 뭐 그래요?

나도 이렇게

꽃을 피웠잖아요!

민
들
레

2018. 머l머l리

더도 덜도 말고

지금의 내가

딱 좋아요.

하도 예뻐서

가슴이 다 간지럽다

그러나 조심!

그것은 금지된 유혹.

개
양
귀
비

2018. 나리그림

달 없이도
밝은 밤입니다

꽃 없이도
향기로운 밤입니다

그대 없이도
설레는 밤이구요.

괜찮아

그래도 괜찮아

사는 일이 별로

괜찮지 않을 때.

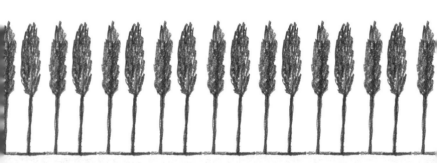

소
망

2018. 나윤영

나도 누군가의
친구이고 싶다

그런 말이 때로
세상을 아름답게
물들인다.

2018. 나래경

내가 너를 좋아한다고

너, 나한테

함부로 하지는 말아다오.

나
무
에
게

2018. ᄂᄂᄋᄋᄋᄀ

어딘지 모르고 간다

누군지 모르고 만난다

무슨 일인 줄도 모르고 한다

날마다 열심히

다시 날마다 열심히.

삶

2018. 나영식

어머니 어머니
아, 아버지
꽃 속에 채송화 꽃
분꽃 속에
조그만 집.

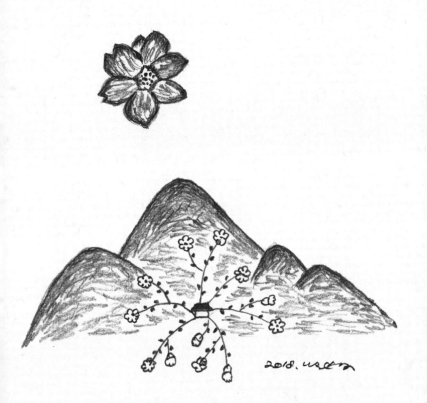

산

너는 모르지?
네가 꽃이라는 것

지금은 네가 바로
꽃이니까.

2018. ㄴㅅㅇㅁ

유럽에도 없는

유럽

스위스에도 없는

스위스

그리워 까치발

세우던 시절.

2018. ㅇㅇㅇㅇ

나는 이제 네가

거짓말을 해도

참말로 믿기로 했다.

사
랑
·
2

2018. 나얼2

꿈을 꾸면 언제나

그 산 아래

그 오두막집

그 달빛 아래 벗어놓은

하얀 고무신.

꿈

2018.

해 저문 골목길에
아이 우는 소리

세상이 다
막막하구나

집 나온 개 한 마리와
서서 듣는다.

추 석 전 날

2018. 나윤ㅇ그

너무 예쁘고 귀여워

이 편에서 오히려

사진을 찍어주고 싶다

사진기 들고 있는 너.

눈
사
진

2018. 나윤아

숨바꼭질은 끝났단다
이제 그만 눈을 떠 봐라
그래도 부끄러워
눈을 뜨지 못하는 숙맥.

모
교

2018. 다래향

눈을 감으시지요
말하는 그 눈이 예쁘다

네, 눈을 감겠어요
대답하는 그 입술이 더 예쁘다.

2018. 애오개

좁은 마당에

키 큰 감나무 두 그루

늦은 귀갓길이면

그들이 먼저

반겨주곤 했었지.

옛
집

2018. 내와이

에그 에그
핫옷* 벗고 봄맞이
애기야 애기야
이만 집으로 돌아가자.

* 솜옷

2018. 내마음

아들아, 아들아
한사코 따라오며 부르시는
어머니

어머니, 어머니
자꾸만 뒤가 돌아 보아지는
산천아.

영
월

2018. 나태주

네 눈 속을 들여다보다가
그만 풍덩!
바다에 빠져버리고 말았다
— 붉은 해.

낙
조

2018. 바다 요

내가 너무 높은 곳까지
올라왔나 보다.

외
로
움

2018. 나상호

별이 하나 반짝인다
별 속에 네가 웃고 있다
살까 말까

별이 하나 사라진다
별 속에 너도 사라진다
살까 말까, 살까…

선
물
가
게

2018. 대현정

외출했다가 돌아온 아버지
첫 말씀은 언제나
너의 엄마 지금 어디 있냐?
셨다
어머니 집 안에 계시다 그러면
들어오시고
밭에 계시다 그러면 이내
밭으로 가곤 하셨다.

자
전
거

받
쳐
놓
고

2018. 나상옥

입술 고치는 사이
눈썹 새로 그리는 사이

날아가 버린
새 한 마리

사랑이여 끝내
청춘이여.

2018. 내인숙

맑은 이마가 좋아서
반짝이는 목소리에 홀려서

고삐에 매인 염소처럼
네 향기 주변 맴돌다가

맴돌다가 그만 징그러운
맨드라미 몽두리 되었다.

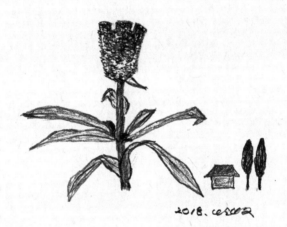

2018. 여름

닭 쫓던 개
지붕 쳐다보기란 말
마음 아프다

네가 나한테 닭이었다면!
내가 또 너한테 닭이었다면!

Y
에
게

2018. 떠오오

오해하지 마
나는 지금 네 얼굴을
보고 있는 게 아니야

네 이마와 눈썹과
코와 입술 너머
강물을 보고 있는 거야

강물 위에 와
눈물 글썽이는 햇빛과
눈 맞추고 있는 중이야.

가
을

여
자

2018. 다빈초

한 참 전에
입속으로 들어온 여자
알몸으로 들어온 여자

떠날 생각을
하지 않으니
더더욱 좋네.

2018. 나○○

나를 좀 보아라

내 눈 속에

네 모습이

지워지지

않을 때까지.

새

2018. 나영주

기러기 기러기
혼자서는 외로워
둘이서 난다
하늘은 어느새
맑은 하늘
너 거기서 혼자
잘 있느냐?
나도 여기서
혼자 잘 있단다.

안
녕

2018. 나영운

아이의 웃음이 빛나는 아침
금방 찬물로 세수하고 난 얼굴로
나 여기 있어요
여기 있다니까요
향기로 불러 세우는
또 하나의 아이.

2018. 나영호

먼 길 돌아서
돌아서 왔나 보다

서둘러 오느라
가쁜 숨 내려놓고

우리 마주 앉아
차라도 한잔 나누자.

단
풍

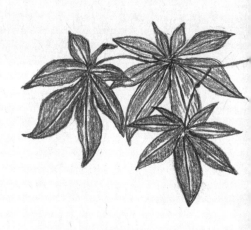

2018. 나외숙

어떠한 경우라도

나는 네 편이란다.

친구

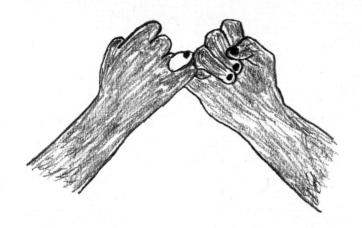

2018. ㄷㄷㅇㅇㄹ

여자가 우네 여자가 우네
가지 말라고 가지 말라고
매달리며 소리 없이 우네
유리창에 흐르는 빗줄기가 우네.

가
을
비

2018. 대대대

남자 쪽으로 기울은
여자

여자 쪽으로 기울은
남자

피사의 사탑
두 채.

연
인

2018. 내일로

나머지 눈까지
데리고 와줘서
고마워

더 오래도록 내 앞에
머물다 가다오.

아직도 너를 사랑해서 슬프다

지은이 · 나태주
펴낸이 · 유재영
펴낸곳 · 주식회사 동학사

1판 1쇄 · 2018년 12월 21일
1판 5쇄 · 2023년 9월 27일
출판등록 · 1987년 11월 27일 제10-149

주소 · 04083 서울 마포구 토정로53 (합정동)
전화 · 324-6130, 324-6131 l 팩스 · 324-6135
E-메일 l dhsbook@hanmail.net
홈페이지 l www.donghaksa.co.kr
www.green-home.co.kr

ISBN 978-89-7190-670-5 03810